마음 한 장, 생각 한 겹

황금알 시인선 107

마음 한 장, 생각 한 겹

초판발행일 | 2015년 6월 30일

지은이 | 김영철
펴낸곳 | 도서출판 황금알
펴낸이 | 金永馥
선정위원 | 마종기 · 유안진 · 이수익 · 김영승
주 간 | 김영탁
편집실장 | 조경숙
표지디자인 | 칼라박스
주 소 | 110-510 서울시 종로구 동숭동 201-14 청기와빌라2차 104호
물류센타(직송 · 반품) | 100-272 서울시 중구 필동2가 124-6 1F
전 화 | 02)2275-9171
팩 스 | 02)2275-9172
이메일 | tibet21@hanmail.net
홈페이지 | http://goldegg21.com
출판등록 | 2003년 03월 26일(제300-2003-230호)

ⓒ2015 김영철 & Gold Egg Publishing Company Printed in Korea

값은 뒤표지에 있습니다.

ISBN 979-11-86547-02-1-03810

마음 한 장, 생각 한 겹

김영철 어린이시조집

황금알

우리 가락 시조 친구

3, 4, 3, 4, 셋, 넷, 셋, 넷,
3, 5로 갖춘 뒤에 4, 3으로 마무리
한두 자 더해도 되고 빼는 것은 자유지만
중요한 종장 첫 마디는 세 글자로 지켜야 해!

얘들아, 함께 모여 조상의 얼 느껴 볼까?
초, 중, 종, 3장 6구, 노래 같은 열두 마디
평균은 마흔다섯 자, 재미 쏠쏠한 시조놀이!

아이들은 꿈을 신고 무지개다리 오르고
어른들은 추억 업고 흙담 길 돌아갈 때
한 아름 봄볕이 되어 함께 걷고 싶습니다.

차 례

1부

가을로 가는 기차 · 12

가을 술래잡기 · 13

개기월식 · 14

개나리 입학식 · 15

골대 · 16

〈까꼬뽀꼬〉 헤어숍 · 17

꽃밭에서 · 18

노란 쉼터 · 20

노란 오줌, 하얀 똥 · 21

다른 것 한 가지 · 22

다이어트 · 24

동짓날 · 26

따가운 여름 · 27

똑, 똑, 똑, 겨울 이야기 · 28

마음 한 장, 생각 한 겹 · 30

2부

만능 리모컨 · 32

맛있는 상상 · 33

맴 · 34

미루나무 · 35

바람이라는 가방 · 36

밤나무 · 38

배탈 · 39

별밭 · 40

부탁 · 42

빛이라는 화가 · 43

뿡, 뿡, 뿡 · 44

상현달 · 45

설 · 46

세마치장단으로 오는 봄 · 48

세 줄 일기 · 50

3부

소낙비 · 52

소화기 친구 · 54

숨은그림찾기 · 56

식은 죽 먹기 · 58

심심한 호박꽃 · 59

아름다운 손 · 60

억새의 자리 · 62

언덕의 꿈 · 64

엄마의 해장국 · 65

연아 언니 똑 닮은 · 66

오줌싸개 · 68

월드컵 축구 · 69

의좋은 삼 형제 · 70

2단 비행기 · 71

이상한 은행 · 72

4부

잃어버린 황금박쥐 · 76

자연 학교 · 77

잼 · 78

저수지 · 80

점심 먹고 다음 시간 · 82

젖어야 좋은 노트 · 83

졸졸, 쫄쫄 · 84

지붕 없는 화장실 · 86

치타와 백조 · 88

코스모스 · 89

튀밥 · 90

특공대 잠버릇 · 91

플라스틱 자 · 92

화장지 · 94

희생 번트 · 95

■ 동요 악보 · 98

가을 동화

봄이 내는 소리

세상에서 가장 예쁜 꽃

강원도로 가요

누구나 별이 될 수 있습니다

1부

가을로 가는 기차

줄을 서던 새내기들 참 많이 자랐습니다.
호루라기 든 허수아비 맨 뒤칸에 오르고

가을행
소풍 열차엔
꿈이 넘실댑니다.

노랫소리 싱그러운 황금역에 닿으면
땡볕을 견디어낸 빛 좋은 열매들이

높푸른
하늘을 이고
하얀 웃음 짓습니다.

가을 술래잡기

물걸레로 닦은 듯한 눈이 부신 하늘 아래
흔들흔들 살랑바람
감이파리 털어내면

수줍어
얼굴 붉힌 홍시
숨을 곳을 찾아요.

눈 감고 술래 하는 허수아비 등 뒤로
살금살금 무리 지어
고추잠자리 놀려대고

뜀뛰던
메뚜기 한 마리
볏단 속으로 숨어요.

개기월식

엄마가 등을 보이자
실실 웃는 푸른 아이

찬장에 올려놓은
붉고 예쁜 사과를

천천히
아주 맛있게

살금살금 먹습니다.

개나리 입학식

햇살이 잘 내려앉은 야트막한 담장 곁에
선생님 신호에 따라 줄을 서던 아이들이

엄마 눈
놓지 못하고 자꾸만 돌아봅니다.

처음 만난 사이지만 금세 친구가 되어
장난치며 손뼉 치며 히히 호호 깔깔깔

노랗게
물든 바다에 웃음 파도 출렁입니다.

골대

함께 쓰는 양변기의 예쁜 엉덩이 받침대

서서 쏠 땐
반드시

반듯이 세워야지

아무리 슈팅을 잘해도 골이 안 될 때 있으니까!

〈까꼬뽀꼬〉 헤어숍

〈까꼬뽀꼬〉 헤어숍
〈마니 머거본〉 한식 뷔페
〈누네띠네〉 뷰티 패션
〈오뎅〉 파는 '독도' 분식

한글이 최고라 하며 생각은 없는 어른들.

생파 때 생선으로
문상받고 노방 갈까?
남이 하니 따라 하고
시간 없어 줄여 쓴다고

게임은 몇 시간씩 하며 뻥을 치는 아이들.

* 생파: 생일 파티, 생선: 생일 선물, 문상: 문화상품권, 노방: 노래방.

꽃밭에서

가족이라는 꽃밭에
아빠가 씨를 뿌리고

엄마는 흙이 되고
아빠는 또 거름 되어

착하고 예쁜 꽃으로
자라주길 빌었대!

뽑히지 않으려고
뚝, 뚝 부러지면서도

함께 살고 싶다고
바둥대는 뿌리처럼

남에게 피해를 주는
풀이 아니길 바랐대!

노란 쉼터

여행하다 지친 몸
편히 쉬었다 가라고

골목 어귀 공터에
호박꽃 쉼터 생겼지요.

떠날 땐
벌, 나비 양손 가득

선물도 안겨주지요.

노란 오줌, 하얀 똥

여름아!

쉴 새 없이
탄산음료 마시더니

땀으론 못다 치워 오줌보 차오르는지

화장실 문턱이 닳도록 들락날락 노랗구나!

겨울아!

맛있다고
아이스크림 욕심내더니

끝내 배 움켜쥐고 모기만 한 소릴 내며

고뿔 든 잿빛 얼굴로 하얀 똥을 싸는구나!

다른 것 한 가지

공을 차던 두리가
떼굴떼굴 구릅니다.

어디에 맞았느냐고
묻지도 못합니다.

남자만
가진 거라고
숨만 헐떡입니다.

피구를 하던 하나가
털썩 주저앉습니다.

얼마만큼 아프냐고
만질 수도 없습니다.

여자만
부푼 거라고
웅크리고 있습니다.

다이어트

여름부터 가을까지
살이 꽤 붙었습니다.

가벼운 옷차림으로
바람 좋은 곳에 앉아

온 마음
하늘에 맡긴 채
몸을 감는 무입니다.

몸매 좋은 가지도
얼굴 동그란 예쁜 감도

함께 운동하자고
빈자리에 낍니다.

옹골진 몸이 되려면
햇살을 더 먹어야 합니다.

동짓날

베란다엔 참가자미
눈물을 뚝뚝 흘리고
건조대엔 가는 햇살
쉴 새 없이 떠드는데요.
새알심 열두 개나 빚은 의젓한 5학년이래요.

겨울밤이 더 긴지
엄마 이야기가 더 긴지
귀 세우던 별님들도 깜박깜박 졸고요.
팥처럼 옹골져야 한다는 말,
어렴풋이 들려와요.

따가운 여름

바닷가에 다녀온 지
한참이나 지났는데

화장실에서 들리는
처얼썩 착, 파도 소리

소리도 징그럽지만
침은 더 무섭습니다.

간호사도 아니고
의사도 아니면서

많고 많은 살 중에
왜 하필 엉덩이인지

시커먼 도깨비에게
따져 묻는 중입니다.

똑, 똑, 똑, 겨울 이야기

춥다고 움츠리지 말고
운동 좀 하라고

밤새 그치지 않는
엄마의 잔소리인지

똑, 똑, 똑,
수도꼭지에서
떨어지는 꾸지람.

방학이라고 놀지만 말고
공부 좀 하라는

바람보다 더 알싸한
아빠가 무서운지

똑, 똑, 똑,
시곗바늘 소리
쉬지도 않는 공부벌레.

마음 한 장, 생각 한 겹

친구의 심한 말로
뜻대로 안 된 일로

온종일 아프게 한
마음 한 장 때문이라면

용감히
찢고 구겨 봐!

새 종이에 다시 그려 봐!

찔리기 쉬우라고 그른 생각엔 뿔이 나고

겹겹이 쌓으라고 바른 생각엔 꿀이 나지

색깔도 모양도 없지만, 꽃향기가 풀풀 나지!

2부

만능 리모컨

저,
구름을 마음껏
움직일 수 있다면

할아버지를 위해서 얼마만큼 좋을까?
햇볕이 따가운 날엔 커튼 되어 그늘 만들고

가뭄으로 논바닥이 입술처럼 부르틀 때
버튼 하나 눌러서 단비 내려 주름 펴는

착한 일 몇 번이나 하면
그 리모컨 생길까?

맛있는 상상

미리내 강물 위에 아빠랑 배를 타고
백조, 독수리, 돌고래, 낚시질을 합니다.
빛 좋은 시리우스가 잡힐 것만 같습니다.

기다리다 심심하면 구름 침대에 눕습니다.
별 하나를 입에 넣고 오물오물 먹다 보면
한가득 사람을 태운 우주선이 지나갑니다.

맴

꼬리를 잡으려고 강아지가 맴을 돈다.
숨이 차지 않는지, 어지럽지도 않은지.
자기 좀 쳐다봐 달라고 바보처럼 생떼를 쓴다.

열심히 공부했는데 시험을 잘못 봤다.
성적표를 등에 붙이고 엄마 곁을 빙빙 돈다.
뭐라고 말해야 할지 쿵쾅쿵쾅 가슴만 뛴다.

미루나무

생각은
맑고 푸르게

야무진 꿈은
넓고 높게

강물로 세수하고
바람으로 가다듬어

하늘을
움켜잡으려

까치발로 섰습니다.

바람이라는 가방

바람이라는 가방에는
이름표가 없대요.

아무나 먼저 보고
먼저 갖는 사람이

둥글고 커다란 꿈을
가득 넣을 수 있대요.

바람이라는 우체통엔
자랑이 넘친대요.

손 뻗고 볼 내밀고
갖은 이유를 대며

맨 먼저 안아달라는
사연이 빼곡하대요.

밤나무

우리 아빠
턱밑에는
나무 한 그루 살고 있지.

아침에는 사라졌다
밤이면 나타나서

따가운 가시를 세우고
향기를 뿜는
술나무!

배탈

조금만 먹으라 했는데 욕심을 부리더니
풍선처럼 부푼 배를 쉬지 않고 문지른다.

줄,
줄,
줄,

창피한 줄 모르고 흘려대는 레미콘 차.

별밭

달님이
공주처럼
곱게 앉은 강물 위에

초롱초롱한
별빛을
또박또박 오려 붙여

온밤을
예쁜 꿈만 꾸는
은하수다리 만들어요.

작은곰
큰곰자리
쌍둥이, 안드로메다

목동들이
지었다는
하늘 정원 꽃 이름

하나씩
부르다 보면
은빛 꽃밭 되지요!

부탁

헤딩 좀
그만 해라.

아빠 자동차
멍든다.

닦는 것도 힘들지만
마음은 더 아프단다.

나비야
고추잠자리야
찻길로 다니지 마라.

빛이라는 화가

색연필도
붓도 없이

눈 깜짝할 새
그려내요

새와 비행기
구름과
나무

무늬까지 곁들이고

가끔은
물 도화지 위에

거꾸로 산을
그려요

뿡, 뿡, 뿡

수술하신 할머니
죽이라도 드시려면

시원스레
방귀를 뀌어야만 하는데

엉뚱한
엉덩이에서

눈치 없이 터지는 소리.

상현달

태풍이 지나가고
고요해진 밤하늘에

언제
저기 갔는지
웃고 있는 얄미운 달

반반씩
나눠 먹으려다
바람에 뺏긴 뻥튀기.

하늘에 계신 할머니
이가 새로 나셨을까?

부드럽고 맛있다며
오물오물 잡수시다

한 번에 못다 드시고
남겨 놓은 카스텔라.

설

설빔 곱게 차려입고 할머니 댁 가는 길에
세뱃돈 주실 친척들 손을 꼽아 봅니다.

설, 설, 설,
자동차는 기어도 왠지 마음이 느긋합니다.

설 까치 노래하는 느티나무 세 뼘 위로
방패연 가오리연 꿈을 태워 높이 날고

실, 실, 실,
배불뚝이 복주머니 보기만 해도 흐뭇합니다.

세마치장단으로 오는 봄

쉿,
느껴 보렴.
이슬비 소곤거림

봄 편지
등에 업고 어깨춤을 추면서

머나먼
여행에서 돌아온
갯버들 노랫소리

풀풀 대던
겨울 먼지
쑥스럽게 물러가고

잠 덜 깬 참개구리
하품하는 도랑가에

하늘빛
미소를 띠고
마중 나온 봄까치꽃.

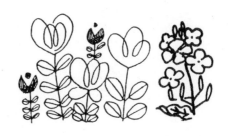

세 줄 일기

하루 중에
있었던 일

딱,
세 줄만 써보자

고마운 것 한 가지

미안한 것 한 가지

마음이 시키는 대로
하지 못한 한 가지.

3부

소낙비

쉬는 시간은
노느라고
화장실에 안 갔다가

아랫도리
움켜쥐고
헐레벌떡 뛰어가서

지퍼를
내리기도 전에
쏟아 놓는 심술 구름.

사이좋게 지내고
공부 열심히 하라는

선생님 말씀 안 듣다
벌쓰던 작은 별들이

때늦은 반성을 하며
떨어내는 눈물, 콧물.

소화기 친구

조금
귀찮겠지만
한 번씩 흔들어 주렴!

좋은 친구 되려면 서로 잘 알아야 하듯

두 눈을
다 가리고도
찾을 수 있게 말이야.

언젠가는
내가 정말 필요할지도 몰라!

건강하게 지내다
나쁜 불이 나타나면

모든 것
삼켜버리기 전에
막아야만 하거든.

숨은그림찾기

호박 넝쿨 앞에 서면
언제나 술래입니다.

똑같은 옷을 입고
숨마저 꾹 참으며

끝끝내 안 들키려는
친구들을 찾습니다.

분명히 훑었는데
아까 본 그 자리에

땅에서 솟았는지
살진 모습이 곱습니다.

아무리 샅샅이 뒤져도
아이 몇은 남습니다.

식은 죽 먹기

강아지가 싼 똥 위에
파리들 춤을 추다

할머니 파리채에
한 마리씩 쓰러지고

개미는
힘 하나 안 들이고

하루치 식량
메고 가요.

심심한 호박꽃

몇 날을
쉬지도 않고
장맛비 내리는데

샛노란 비옷을 입고
살피꽃밭 서성입니다.

놀아 줄
벌, 나비
친구들

하염없이 기다립니다.

아름다운 손

파도가 쉬지 않고
바다를 닦는 것은

햇빛을 볼 수 없는
고기들 때문이래요.

하늘이 잘 보이라고
문을 여는 것이래요.

바람이 부지런히
들판을 쓰는 것은

혼자서는 꼼짝 못하는
씨앗들 때문이래요.

마음껏 세상 구경하라고
길을 트는 것이래요.

억새의 자리

엄마랑 산책하는
노을 내린 길섶에서
억새꽃 꺾어다가 꽃병에 담았는데

밤새워
우, 우 소리 내며
엄마를 찾지 뭐예요!

살랑대는 바람 한 줌도
들에 피는 꽃 한 송이도

이제야 알겠어요.
헤어지면 아파한다는 걸

모두가 제자리에 있을 때
제일 예쁘다는 것을!

언덕의 꿈

새끼 숭어 비늘 같은 눈부신 물결 위에
푸르러진 높은 산이 한 걸음 다가서고
토끼풀 재잘대는 주위로 둘러앉은 저녁놀.

물소리 바람 소리 은어 떼 숨죽이고
재두루미 또박또박 동화책을 읽어 가면
하늘엔 개밥바라기 귀를 쫑긋 세운다.

반딧불이 청사초롱 잔잔한 둑을 따라
콧노래를 부르며 따뜻해진 아이 손에
둥근 꿈 예쁘게 그릴 달빛 한 줌 쥐여 있다.

엄마의 해장국

얼큰하고
알싸하고
시원한 것 뭐 없을까?

콧소리로
애교부리는
술고래 우리 아빠.

슬며시
아빠 코 움켜쥐고

여기 있어요!
하는 엄마.

연아 언니 똑 닮은

모든 별
뒤로 하고
유난히도 고운 얼굴

수많은 날
견뎌내며
밤하늘에 우뚝 선

촉촉한
금메달처럼 눈물겹게 아름다워!

간절한
소망의 기도
차곡차곡 새겼다가

잊지 않고 가슴마다
환한 미소로 대답하는

휘영청
정월 대보름
동그랗고 하얀 달!

오줌싸개

전봇대 뒤에 강아지
한 발 들고
뭘 할까?

하늘엔 뽀송뽀송
미소 짓는
하얀 구름

어젯밤
꽃 이불 위에
실수한 걸 아는 걸까?

월드컵 축구

온 세상
사람들을
한자리에 불러 앉히고

반달
두 쪽 붙여 놓은
푸른 마당 위에서

의좋게
서로 먹이려는
스물두 개의 마음들.

의좋은 삼 형제

막내는 3,600번을 쉼 없이 뛰어다니고
둘째가 자전거로 60곳을 돌아오면
큰형은 가장 먼 한 집을 자동차로 다녀오지.

셋이서 한꺼번에 만나는 분식집에서
어깨를 나란히 하고 떡볶이를 먹을 때면
언제나 뻐꾸기 한 마리 함께 먹자 나타나고.

하루 일이 끝나고 별빛도 하품하며
꿈나라로 달려가는 오두막집 작은 방에
시, 분, 초, 바늘 삼 형제 서로 등을 토닥인다.

2단 비행기

비 그치자 높아지고
깔끔해진 하늘 아래

어디선가 한꺼번에
몰려나온 고추잠자리

짝짓기 시간이 되었는지
쌍쌍 춤을 추네요.

그래
그래
애들아
엄마 아빠도 그랬단다.

예쁜 우릴 얻기 위해
너희처럼 그랬단다.

나중에 다 알게 된다며
너희처럼 붉었단다.

이상한 은행

길에서 주운 만 원
한참을 망설이다

단걸음에 달려가 엄마께 드렸는데

손안엔
반값 아이스크림
겨우 살 수 있는
동전 하나.

어른 되면 준다며
다 가져간 세뱃돈

자전거 한 대 사고도 남을 것만 같은데

확실한
은행이니까
안심하라는 아빠.

4 부

잃어버린 황금박쥐

수달
물범
따오기

쇠똥구리
장수하늘소

이름표는 있는데 얼굴은 없습니다.
사람들 사랑 없음에 등을 돌린 것입니다.

자연 학교

가을 학교
가는 길에 굵은 비가 내려요

미술반 친구들은
산안개를 그리고

음악반
언니, 오빠는 연주를 시작해요.

알록달록 이파리들
바람 따라 노래 부르면

억새꽃 담임 선생님
예쁘게 턱을 괴고

참나무 교장 선생님
흐뭇한 미소 지어요!

잼

잼잼잼
곤지곤지

짝짜꿍
도리도리

네 식구 흥에 겨워
까르르, 하하, 호호.

옹알이
어여쁜 동생
로봇처럼 잼잼잼.

엄마는
식빵 위에
딸기잼을 바르시고.

아빠는
매콤하게
고추잼으로 비비시고.

동생은
엉덩이잼으로
심술 향기 풍겨 놓고.

저수지

좁고 긴 도랑에선
까불거리던 달님이

저수지에 닿으면
한없이 착해집니다.

포근한
엄마 품속에
잠든 아이 같습니다.

미루나무 아파트에서
노래하던 까치 가족이

혼자 노는 구름 데리고
물 마시러 내려오면

덩치 큰
산 그림자가
자리를 비켜줍니다.

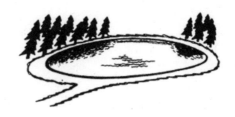

점심 먹고 다음 시간

우리는 햇살 물고
삐약, 삐약
꾸벅꾸벅

칠판에선 잠 깨라며
꼬끼오,
우는 분필

아무리
벌리고 비벼도
떨어지지 않는 두 눈.

젖어야 좋은 노트

사람은 사랑을 적고
갈매기는 일기를 써요

가끔
심술 바람이 말썽을 피우지만

젖으면
더 잘 써지는
은빛 모래밭 노트.

졸졸, 쫄쫄

우리 집
강아지는
그림자 같습니다.

어딜 가든 따라붙는
자석을 닮았지요.

이름도
'나리' 대신에
'시내'라고 부릅니다.

꼬리를
흔들거나
발을 동동 구를 때에도

풀잎을 흔들어대는
바람 소리를 냅니다.

들판을 수줍게 흐르는
물소리를 냅니다.

지붕 없는 화장실

감자밭에 앉아서
구덩이 살짝 파고

아랫배에 힘을 주면 뿌지직, 바쁜 소리

감자야, 잘 자랄 거지?
멋쩍게 웃는 철부지.

콩잎으로 뒤를 닦고
마무리는 깻잎 한 장

호박잎 가져다가 살그머니 덮어놓은

자줏빛 감자꽃 사이
향기로운 거름 냄새.

치타와 백조

한여름
소낙비는 마음 바쁜 제트기

소란스레 몰려와서 생채기 남겨놓고
친구들 울리기도 하는
개구쟁이 남자아이.

한겨울
함박눈은 호기심 많은 시외버스

온 누리에 꽃이 되고 고드름 되었다가
찬찬히 다 둘러본 뒤에
강으로 가는 여자아이.

코스모스

지휘자는
푸른 바람

마당엔 잠자리 구경꾼

여덟 마디 음표들이
건들건들 춤을 춘다.

햇살도
돌담 위에 앉아

흥얼거리는 가을이다.

튀밥

"뻥, 이요"
신호 따라 고소한 미소를 물고
대포에서 한꺼번에 우르르 튕겨 나온
천 원에 눈사람이 백 개……
할아버지 생각난다.

숯으로 눈썹 그리고 솔방울 눈 만들고
막대기 코 붙여서 밀짚모자 씌우고
조그만 돌멩이 배꼽
근사해진 눈사람.

낮아진 하늘에서 함박눈이 내리고
한걸음에 하나씩 꼬마 눈사람 녹는데
산으로 가신 할아버지
언제 다시 오실까?

특공대 잠버릇

아빠는
기관총에 탱크를 몰고 가고

동생은
특공무술로
자꾸 벽을 들이받고

툭하면
낙하산도 없이

침대에서 나는 나!

플라스틱 자

제일 잘 보이는 곳에
자를 걸어 두어요.

어제보다 착한 일
몇 칸이나 더 했는지

자라는 마음의 키를
날마다 재어 보아요.

나쁜 일 했을 때는
하늘 한 번 쳐다본 뒤

곧은 자로 맵차게
종아리를 때려 줘요.

마음이 비뚤비뚤하면
큰길 갈 수 없으니까요!

화장지

쏙쏙
뽑아 쓰거나

술술
풀어쓰거나

아름드리 꿈을 꾸는
산새들의 친구였지.

한 칸씩
사용할 때마다
나무들은 우는 거야.

희생 번트

다리에
붙은 파리
파리채로 때리거나

당당히
용돈 받으려
아빠 구두를 닦거나

하나를
얻기 위해서

하나를 바치는 일입니다.

동요 악보

가을 동화

김영철 작사 / 이문주 작곡

시골 학교 운 ㅡ동장 　노을덮인모 래위에 ㅡ
잘 ㅡ익은은 행마 다 　빼ㅡ곡한사 연들이 ㅡ

제 철 인 듯 강 아지가 　구석구석쿵쿵대 면 ㅡ
저 ㅡ마 다 자 랑하듯 　담장밑에펼쳐지 면 ㅡ

아 ㅡ이들ㅡ 꽁지잡으려 ㅡ 　그려놓는동 ㅡ화책 ㅡ
가 ㅡ을이ㅡ 빙ㅡ둘러앉아 　이어가는줄 ㅡ거리 ㅡ

봄이 내는 소리

김영철 작사 / 이문주 작곡

겨 우 내 아장아 장 걸음마배우더 니

예쁜 가 방 둘러메 고 쉴새없이재잘댄 다

노 오란 버스를타 고 유치원가는개나 리

너 울 대 는 맑 은 햇 살 나 들 이 온 운 동 장 에

어 제 까 지 봉 오 리 이 던 목 련 꽃 터 진 아 침

첫 시 간 알 리 는 소 리 에 투 덜 대 는 축 구 공

세상에서 가장 예쁜 꽃

김영철 요
마용일 곡

강원도로 가요

김영철 작사
이문주 작곡

야 호 야 호 방 학 이 다 엄 마 아 빠 여 행 가 요

바 다 위 엔 갈 매 기 떼 숲 속 엔 산 새 들

상 쾌 한 춤 과 노 랫 소 리 얼 른 만 나 고 싶 어 요

푸 른공기도 참 좋지만 바닷물은더 좋아 요

감 자랑 옥수 수랑 펄펄뛰는생선이 랑 一

한번 에다 맛볼 수있 는 강원도가좋 아 요

누구나 별이 될 수 있습니다

김영철 작사
이문주 작곡

공一부는 꼴찌라도 그 림하난1 등이 고
어려울 때 도와주고 아 껴쓰고나 눠쓰 고

체 육은 꽝이지 만 노一래는으뜸인친 구
작 아 도 금 빛이며 멀 리서도은 빛인一별

하 나 는 빛 나는걸가 진 모一두가별 입니 다
모 두 다 천 사를一닮 은 아 름다운별 입니 다